[illegible]

蘇徳《スー・トォ》

桑島道夫　訳

私はずっと、ある事件とある人たちのことを完璧に書き留めたいと思ってきた。真実で確かな、わずかな嘘もない物語と真に迫った人物を造形したい、と。しばらくして、それは困難であることをようやく悟ったが、直接的であれ間接的であれ、私は繰り返し事件のことを語ろうとし、そのたびにあの人たちのことを似ても似つかぬように語り、結果として作り話をしてしまうのだった。

いままた私は語ろうとしている、私の部屋のなかに座っているあなたに。外は大雨が降っている。私はタオルを渡してあげた。雨宿りのためでなければ、あなたは私の話を聞きたいとも思わないだろう。というのも、君はすべてを荒唐無稽の作り話にしてしまうんだね、こんなんじゃ、何も誰も信じられないよ、何がなんだかさっぱり分からないじゃないか、と私は文句ばかり言われているから。

いままで、私の話を最後まで聴いてくれた人はいない。そのことが私を落胆させ、少し苛立たせる。

でも、私はあなたに保証する。今度こそは想像の速度を抑え、記憶の喚起だけにするから、と。

大山《ターシャン》。

彼の名前は、あなたが憶えやすいように、大山とだけしておく。それはもう何年も前のことだけれど、事実、彼はみんなから大山と呼ばれていた。彼の身長や体重は、二年前にさよならしたときは一メートル八十センチ、八十キロ、ぐらいだった。顎にうっすらと髭を生やし、丸刈りで、右の頬にはほくろ――近づいてしげしげと見れば、やっと分かるほどの――があった。というのも、一二《イーアル》が彼とキスをしたとき、目を見開いて見たんだそうだ。

他人なら気がつかないほくろを、一二はあっさりと見つけた。

目を開けてキスをする人は信用ならない、相手への思いやりが足りない。ふつう、誰もがそう信じてるわ。

私は前者には賛成するけど、後者には反対する。あなたはどう？

一二。

一二については話したいことが山ほどあり、話せと言われれば、何日、いや何週間かけても話は尽きない。私たちは台所が共用の古い家に住んでいた。子供の頃よく、青々とした炒りそら豆を競うようにして手一杯につかみ取り、「衛生に気をつけよう」とプリントされた前掛けのポケットのなかに詰め込んだものだった。彼女は姓を四《スー》といった。一《イー》、二《アル》、三《サン》、四《スー》の四だ。名は一二。一、二、三、四の一二。けれど、彼女の両親が文革時代に教育を受けられなかった文盲、もしくは半文盲だとは思わないでほしい。両親が娘にこんな名前をつけたのには訳がある。二人の結婚記念日が一九七〇年代の四月十二日だったからだ。

大山についてはニ年会っていないので、どんな顔立ちをしていたか、ぼんやりとしか憶えていないし、適切な言葉を探すのは難しい。しかし、一二についてはそんなことは不可能だ。私たちは毎日のように顔を突き合わせ、おかげで顔まで似てきてしまったのだから。

事の始まりにさかのぼって——それは何年も前のことだけれど——話したい。タオルを返して、すでに語り始めてしまった話を続けさせてほしい。ただ、自分にはまだ話を始めたつもりはないのだけれど。

優しいあなたは私のために窓を閉めに行ってくれた、今夜は台風だからと。

あなたは腰のベルトに挟んでいたCDを取り出した。それが道端にうず高く積み上げられた海賊版のCDのなかから、念入りに選び出されたものであることは知っている。ただ、どうしてこんな大雨の日に、その手の商品とお客、つまりあなたが、そこにいたのか不思議だった。でも、水が滴るあなたの肌を見た瞬間——それはうっかりと言ってもいいけれど、どうしても連れて帰りたいと思ったのだ。

それはサラ・ブライトマンのＣＤだったが、かけたとたんに、あなたはステレオが良くないと文句を言った。

話を続けましょう、この音楽をバックにして。

ソファーの上で寄り添うと、あなたの髪はまだ少し湿っていた。それから私たちは鼻と鼻をくっつけ合った。一二は眉毛を除いてだいたいこんな感じだった――いや、唇も除いて、というのは、彼女の唇は私のようには乾燥していなかったから。眉は細くて黒々としていて、要するに目鼻立ちは整っていた。人を引きつけるほど大きな目ではなかったけれど、みっともないほど大きな鼻を持っていたわけでもなかった。付け加えるなら、大きなセクシーな口でもなかった。

ちょうど「THIS LOVE」に曲が変わったとき、あなたは私に口づけしてきた。どうしたの？　私の唇が乾いていると言ったから？　嫌、やめてよ、私は話をしていたんだし、あなたも聴いてたじゃない。

一二のおでこにはくぼみがあった。見て、私のおでこにもおんなじようなのがあるけれど。幼い頃、私たちは台所で遊んでいたとき、木のドアに向かって一緒に突進してみない？　ということになった。その結果、お互い、Ｗ字形のたんこぶをこしらえてしまい、それが引けたらくぼみになってしまったの。笑わないでよ……それからなんだ、隣近所の人たちから、君たち良く似てるね、と言われるようになったのは。

一二の両親は、文革末期の頃、労働者や農民・兵士のなかから選ばれた大学生だった。私の両親もそう、あなたも知ってると思うけれど。

私はやはり、ある具体的な年齢から、話——紹介ではなく——を始めたほうがいいのかもしれない。でも、どこから始めたらいいんだろう？　そうだ、二人が知り合ったその春からにする。で、それはいったい何年前のことだったかと言えば……いや、もうそんなことはどうでもいいよね。

私の話を聴いてくれようとした人たちのなかには、ここでしらけて立ち去る人もいた。でも、あなただけはくれぐれも。いいよね？

数年前の四月から——確かに十二日のことだったのかどうか、もうはっきりとは憶えていない、一二は間違いなくそうだと言うんだけれど——、一二の手紙に大山の名前が出てくるようになった。私たちはその頃、以前住んでいた家からそれぞれ引越したが、親密な手紙のやり取りは続いていた。

彼女がどう書いていたか、ちょっと思い出すね。

大山、というのは私の男。

うん、そうだった、確かこんなふうに始まったんだよ。え？　そんなに目を見張って、斜に構えているようだけれど、信じられない？　じゃあさ、机の引き出しのなかに隠し箱があって、Ｌサイズのクラフト・パルプの封筒が入ってるんだけど、中に何が入ってると思う？　分かるよね？　そうだ。信じられないんなら、手紙を持ってきて読んであげてもいいよ。


大山、というのは私の男……。

彼、私のことを好きだと言ってくれたの。私は、あなたが殺人犯でない限り、このままあなたと一緒にいてもいいよ、って答えたわ。彼は見上げるほどに背が高く、体重もそのぶん重かった。八重歯が二本あって、笑うとお茶目な顔になった。顔の右側にほくろがあり、キスをしたとき気がついたの。守らないと自分の首を絞めるような誓いの言葉に、私は参ったのかもしれない。それは特別だったわ……。

四月十二日、私は夜も大山と一緒に過ごすことにした。きょうはいい日ね、と言ったら、彼もそうだね、と言ってくれた。

大山は私への愛情の証に、ラドーの腕時計をくれた。そう、これが俺の気持ちだと彼が言ったので、私は心から信じようと思った。

一二より
一九九八年四月十二日

　ほら、私の記憶は間違ってなかったでしょう？　この手紙があれば、大山、そして一二の存在を証明するのに充分なはずよ。一二だって十二日だと書いてたでしょ？　その後、自分たちの恋愛記念日は別の日だと言い張って聞かなかったけど。

　ただ、その黒のラドーの時計は後あと証拠になったわ。一二は最後の手紙のなかで……ごめんなさい。やっぱり順を追って話すことにするね。話が飛躍してはだめだよね。

　一二のママは——私は彼女のことを四《スー》ママと呼んでいた——以前私たちが一緒に暮らしたあの家で亡くなった。四《スー》パパは遺体を抱いて一夜を過ごし、一二はそのあいだ、部屋の片隅でうずくまったまま微動だにしなかった。一二にとって、死体は誰のだって怖いんだそうだ。四パパは当時、あるお役所の課長にすぎず、お金がなかったから、四ママの病気を治してあげることができなかった。実際、あの家では誰もお金なんかなかったけれど、当時、お金を持っている人は、めったにいなかった。

　いまでもお金持ちは限られているけど、大通りを走る車を見てごらんよ、高級車も走ってるよね。その後、四パパが持つことになったのはそんな高級車だけれど、私には、あなたに文句をつけられたステレオぐらいしかない。でも、私はあなたと一緒にいられる。四パパは後ろ手に手錠をかけられ、連行されていった。

四ママがこの世を去ってから二年後、四パパは三級も上がって局長になり、それから一年も経たないうちに、一二を連れて引越していった。そこで、私と一二の手紙のやり取りが始まったの。

あなたがまたキスをしてきた。もう髪は半分乾いていた。外はすっかり暗くなっている。近づいている台風は、エマーソンと呼ぶことにしない？……キスがそんなにしたいんならどうぞ。そういえば、一二は大山のキスのことをこんなふうに書いていたわ。

彼はいつも顔をうつむけて、それから少し暗く、意地悪そうな笑みを浮かべながら、無頓着に舌を出す。すべてと言わないまでも、彼のそんなしぐさが好き。ただ、もっとムードを分かってくれてもいいんじゃないのと思うこともある。でも、もし私がそんなことを言ったら、彼はきっと、この野郎、そんなことにかまうなよ、って言うだろうな。どうやら少し無骨者らしいのよ、この男は。

大山はいつも所かまわず一二にキスをした。私がそばにいても、まるで見ず知らずの他人というふうだった。でも、あなたはまわりに人がいないときにキスをする。もちろん私は、あなたのことをあげつらってるわけじゃないし、ほかの男性と比較しているわけでもないよ。あれ？　私、何言ってんだろ。

あなたもきっと、シャーリー・テンプルが主演した『ハイジ』という、ファンタジーのような映画があったのを憶えてるよね。あの映画には、権勢に媚びる校長と色黒のインド人の三ちゃん〔インド人に対する中国人の俗称〕、それから、屋根裏部屋に住み、跳び回ったり走り回ったり元気のいい猿が出てくるよね、にこにこと笑顔を振りまきながら新年の贈り物をくれるあの猿。

一二も少女の頃、そんな恵まれた生活を送っていたのだけれど、四パパが家財を没収され、一文なしになってしまってからは、局長のお嬢様と呼ばれていた彼女の役回りも、すべて奪われてしまった。

一二はここに越してきて、私たちと同じように、ソファーに並んで座って音楽を聴いたことがある。まだあなたと出会う前の話。あのとき大山は、一二の行方を方々訊き回っていた。私たちはこの部屋で、朝から晩まで音楽を聴いた。それが誰の曲で誰がピアノを弾いたのだったたか、もう思い出せない、本当に。一二は長い前髪を後ろに回してヘアピンで留めていたので、おでこのくぼみもあらわになっていたのだけれど、彼女は私にこう言った。見て、跡がまだ残ってるのよ、あなたはどう?

それから彼女は長く伸ばした爪で私の前髪をかき分けて、指先でくぼみをなぞりながらこう続けた。あなたのおでこはいつもひんやりしてるね、小さいときからそうだったけど。

あなたは唇を私の頬からずらし、私の前髪を指でかき分けながら、そこを触った。ここ?

私はうなずく、そこよ。とてもはっきりとしたくぼみだった。だからこそ、私と一二は前髪を長く垂らし、過去の野放図な行いの代価を覆い隠そうとしたのだけれど、考えてみると、私たちはどういう態勢で台所のドアにぶつかったのだったか——いや、私の記憶には少し食い違いがあるような気がする。あのとき、一二からぐいぐい押されてぶつかったのかもしれない。とすればその直前、炒りそら豆を取り合っていたのだったか? それはともかく、彼女も頭から突っ込んできて、私たちは笑いながら、おいおい泣いた。一二はいつもこんなふうに自分自身を罰した。小さいときからそうだった。

大山のパパは四パパのいる局が関係する企業の社長さんだった。両家は家族付き合いするほど親しい関係になり、一二と大山はそんな行き来のなかで知り合った。具体的な細部については漏らさず話すことはできないけれど。

あなたはうなずき、クラフト封筒を指差す。

私は中をしばらく探したが、記憶のなかでは確かに存在する、一二が大山と初めて会ったときのことを書いた手紙を見つけることはできなかった。そこで私は、あなたにその存在を信じてもらうために嘘をついた。日付の近い便箋をもっともらしく取り出してみせたのだ。椅子をあなたの前に動かして、向かい合って座り、読んであげることにした。

どうか私の嘘を許してほしい。これまでの聴き手のなかには、ここまで話してきて、私がまだ確かな証拠も出せないので、もういいよ、と手を振って拒絶する人もいた。そして、うんざりした表情で私を押しやり、立ち去ってゆくのだ。

しかし、私は信じている。あるとしたら、確かにこんな手紙だったはずだ、と。


……みんなで御飯を食べているとき、白《パイ》おじさんが息子さんを連れてきて、私たちに言った。こいつのことは大山と呼んでくれ、みんなそう呼んでるから、と。白おじさんは彼を私たちのそばに座らせようとしたのだけれど、パパは、私たちの横はママに取っておいてあげようと言ったの。白おじさんは憮然とした表情になり、その大山と呼ばれた人はパパに向かって、斜に構えて笑ったあと、私たちをちらっと見た。私は、テーブルの下から彼の足を思いっきり蹴り上げてやったわ。彼のあざけりの表情が心底、嫌だったのよ。そのあざけりがパパのいささか盲目的な愛情に対してなのは私にも分かる。そう、それは確かに盲目的だったかもしれない。けれど、彼は口許をゆがめただけで、顔色一つ変えなかった。私の一蹴りは何の威力もなかったってわけ。ただ、彼は笑うのをやめた……。

もし一二の手紙が間違いなくこんな調子だったとしたら、またもしパパをあざける人がいたら、彼女はきっと、少しの遠慮もなく相手をこらしめただろう。そこには大山のママもいたはずなのだけれど、私は嘘をついている最中に、大山のママのことをすっかり忘れていた。えい、ままよ、こうなったらいっそ抹殺してしまおう。その後、一二が大山のことを話すとき、彼のパパのことしか出てこなかったような気がするし、ママのことは聞いた記憶がないから。

一二の論理のなかで大山のママがいないのであれば、他人の再構成のなかでも出てくるべきじゃない。

一二のママがそうであるように。

私は偽の手紙を折りたたみ、封筒のなかに入れた。

するとあなたは立ち上がり、近づいてくると、私を背後から抱きしめ、首にキスし始めた。

台風の兆候がますます強まっていた。階下の木々は前後左右に激しく揺れ、窓ガラスには雨粒が叩きつけられる。窓枠がぎしぎしときしむ音がした。

ほら、私には母親も父親もいないでしょ。一二と私が無二の親友になれたのは、まさにそのおかげよ。――いや、私はこんなふうに話すべきじゃない。私と一二の感情の奥深いところにあるものを、私は勝手に憶測し、改竄してしまった。ああ、私は何を言ってるんだろ？

私はあなたをソファーに戻らせようとして押し返した。ちゃんと座って、話を最後まで聴いて。これまで私は何度も試みたが、私たちの物語をありのままに最後まで話したことはなかった。

あなたは私の求めに、少し落胆したようにうなずいた。

私は本当に恐れている。あなたがこれまでの男たちと同じように、ここで怒り出して、私の手を振り払い、とりとめのない空想にふけるのはよせ、キスをしよう、そしてセックスをしよう、と言い出しはしないかと。甘美な音楽をバックにして、私の口をキスでふさぎはしないかと。幸い、あなたはそんなことはしない。がっかりしているだけだ。もちろん、あなたを責めることはできない。冗長に過ぎる私が悪いのだから。ただ、私は一つの完全な物語の原型を作り出し、あなたに提示したいだけなのだ。どうかこのままおとなしく聴いていてくれないだろうか？

あなたはティーテーブルの上の煙草を取って、手許も見ずに火を点けた。私が煙草をはたき落とすと、あなたは緩慢にしか反応せず、目を見開いて私を見た。

私はあなたの前でうずくまって、いぶかしげな表情のあなたをそっとなでた。

一二はこんなふうに大山の煙草をはたき落としたのよ。ねえ、聴いてるの？


大山は555〔中国の煙草の銘柄〕を点けたとたんに、私からはたき落とされた。どうして家のなかで煙草を吸っていいわけ？　たとえパパがいないとしても、パパが帰ってきたら、フィルターのなかの刻み煙草が燃えた形跡にきっと気づくわよ。パパは誰であろうと、家のなかで煙草を吸わせなかったわ。ママが死んでから、パパは煙草をきっぱりとやめたの。肺癌との因果関係を断言する人はまわりにはいなかったけれど、ママの死は自分の喫煙のせいだと信じて疑わなかった。

大山は烈火のごとく怒ったわ。このアマ、こんなことをされたのは生まれて初めてだ！　顔を上げろ！

私はといえば、部屋中、空気清浄スプレーをかけ回っていたけどね。

彼はぷんぷん怒りながらも仕方なく、しゃがんで、ベッドのまわりに555が落ちていないか探してた。

言い忘れていたけれど、四ママがかかった病気は肺癌だったの。四パパは以前ほんとに煙草好きで、ペガサス印の粗悪な煙草を平気で吸っていた。シャツの胸ポケットには、あのコバルト色と翼を広げた駿馬がいつも透けて見えていたわ。

四ママの死後、ママの死は長年の受動喫煙の結果だと、四パパは頑なに言い張った。その後私が、コバルト色と駿馬を見かけたことは一度もない。その代わり、胸のポケットには黒の、社員証大のビニールケースがいつも入っていた。一二は私に、中にはパパとママが結婚したときの記念写真が入ってるんだ、と教えてくれた。

一途な愛情だよね、と一二が言ったので、そうね、私もそう思う、と答えた。

外では雷が鳴り出した。ベランダの花を部屋のなかに入れたほうがいいんじゃない？　とあなたは言った。

もちろん。一二のいちばんのお気に入りの水芭蕉は、大山がプレゼントしてくれた花で、私のところへ越してきたとき、彼女はトランクを片手で引きながら、もう片方でこの水芭蕉を抱えていたのだった。

いったい誰がそんな長い密告の手紙を書いたのだろう。出だしは「公平な調査を望む」という一文で始まっていた。

一二はその後ずっと、密告の手紙は大山のパパが書いたのにちがいないと言い張った。あなたの目のなかに疑いの光が瞬いたのが分かったけれど、私はかまわなかったし、あなたも疑問を口にしなかったので、私は話を続けさせてもらうことにした。疑問があるのなら、ひとまず置いといてほしい。

窓が激しく震動し始めた。外の風音は窓越しに、まるで怨霊が泣き叫んでいるように聞こえた。エマーソンにはほんとに威力があるね、とあなたが言ったので、私は、台風は好きよ、一二もそうだったけど、と答えた。

私はクラフト封筒をさかさまにして、中の手紙を一切合財ティーテーブルの上にぶちまけた。私が通し番号を付けるから待ってて、探し出してあげる。


きょう、台風3号が上陸したわ！　大山と私が、どさくさまぎれに、あるバイキング形式の火鍋店の窓ガラスを叩き割ったら、中から警備員が飛び出してきて、大山はしっかりと捕まえられちゃった。大山は彼らに、自分は白大山だと名乗って、火鍋店のマネージャーに微笑んだ。すると警備員は大山を釈放した。なぜだと思う？　この店は彼のパパのものだったからなのよ。大山は後で私に、俺の親父がこの一大プロジェクトを計画したんだと教えてくれたわ。

大雨が降っていたので、私は訊いてみた。もしいま稲妻が走ったらどうする？　すると彼は、もちろんおまえの楯になってやるよ、と言ってから、逆に、すごくないか？と訊き返したわ。けれど私は首を横に振って言ってやった。仮定の話にすぎないんだから、本当はどうだか誰にも分からないわよ。そこで彼は稲妻があちこちで光るなかで、またもや自分の首を絞める誓いを立てることになったのよ。嘘だと思われるのはショックだな。絶対やるよ。

落雷に遭って、それが雷の音だって分かる人なんかいない。

彼はあきれ返りながらも、焦って言った。雷が落ちてきたら、絶対守ってやるから。

私は彼の手を取って走り出し、それから答えた。そんなことしなくていいよ、雷が落ちてきそうになったら、まずは逃げなきゃ。これが正しい答えだよ。

私と一二は天災に遭ったりすると、あからさまに興奮した。憶えてるかな、十何年前のあの大地震のことを。あのとき私と一二は、家から一目散に逃げ出した。そして、親がくるんでくれたタオルケットから必死に抜け出し、手足をばたばたさせながら興奮していたものだから、まわりの大人たちから大いにいぶかられたわ。

余震も収まった頃、私たちはそれぞれの家の床に、天井のコンクリートの破片が落ちていることに気づき、一かけらずつ拾ってしまいこんだ。収集するつもりはなかったけれど、きれいに思えたので取っておきたいと思ったのだ。それは、子供たちが飴を包むセロハン紙の収集に熱中するのと同じことね。何年も経ってから、私たちはようやくお互いがコンクリート片を持っていたことを知ったのではあるけれど。

当時、私たちの家はどちらも一階にあり、台所と便所が共用だった。いったん雷雨やどしゃ降りになると、雨水の勢いはすさまじく、一階はいともたやすく水浸しになった。大人たちはそれを満潮と呼んだ。私と一二はといえば、ベッドの上を這い回って異常に興奮していた。すぐ目の前の潮のなかを、ステンレスの杯や洗面器やプラスチックの赤い入浴用の盥《たらい》が漂っていて、大人たちは懸命に水を汲んでいた。楽しくてたまらず、そのうち盥に乗って漕ぎ出そうとさえした。ただ、一二が太っていたので、あえなく盥はひっくり返り、私たちは雨水を飲んでしまっただけでなく、大人たちにこっぴどく叱られたわ。

私たちの家はずっと親しく家族付き合いをしていたけれど、そういう間柄だったからこそ、局長に昇進した四パパの許で、私の父が局長秘書になれたんだろうね。ただ、父は三年前、母と一緒にこの世を去ってしまった。

だから私は、さっきごめんと言ったの。実際、私と一二の感情は、成長するなかで育まれていったのだし、このことは私が独りぼっちであることと何の関係もないわ。

両親がこの世を去ってから、私はずっとこの家に住んでいる。ここは家賃がそんなに高くないし、二口の保険金が入ったので、より安いアパートに移る必要もなかった。そういえば、両親は熟睡中に、管の老化でガスが漏れて亡くなったのだけれど。

あなたは私を床から抱き起こしてくれた。私は別につらいわけじゃない、本当だよ。ここまで聴いてくれる人はめったにいないのに、あなたはおまけに優しいんだから。すると、うなずきながら聴いていたあなたは、私にまたキスをした。外の風はますます強い。階下の木の枝が裂ける音や落雷の音、それから雨粒が窓に強烈に叩きつけられる音。

ちょっとやめてくれない？　今晩中に私の話を終わらせるつもりなの。あなたが最後まで聴いてくれることをひたすら願ってるわ。

あなたにはもう、恨みがましさはない。私は頭をあなたの肩にもたせかけているが、あなたは好きなだけそうさせてくれる。かすかに震えるその肩から、心臓の速い鼓動が伝わってくる。ふと、あなたは言った。今回の台風は今夜一晩だけで、あすにはもう晴れるそうだ。うん、と私はうなずいた。台風の名前は私も憶えてるわ、エマーソン。今晩のうちに、私の話をあなたは聴き終えることができるかな。

私はずっとティーテーブルの前にうずくまったまま、一二の手紙を選んで、あなたに読んで聞かせた。彼女の手紙はそれほど多くはないはず。というのも、一二が大山と一緒に火鍋店の窓ガラスを割ってから一カ月後、四パパが連れてゆかれたから。

私はいま、拘置所の控え室であなたに手紙を書いてるわ。あの日は電話を切ってしまってごめんね。ただ私は、どう言えばいいのか分からなかったの。私はとたんにお先真っ暗になってしまった。彼らは言ったわ。あなたのお父さんは賄賂を受け取っただけでなく、公金の不正流用までしており、しかもその額が巨額だった、と。ああ！　もうすぐ昇進するところだったのに。一週間前、パパは言ったわ。大山のパパのプロジェクトも近いうちに承認されるだろう、というのも、彼はもうすぐおまえの義理のパパになる人でもあるんだからね。

そうよ、私はあの水芭蕉を受け取ってから、彼に伝えたわ。結婚したいね、って。

いま、私は、こんなひどい場所で、彼らが大山と会わせてくれるのをひたすら待ち続けているの。これは本当に起こった出来事なのかな。ここにやってくる途中、私は、道行く人に見境いなく頼んだわ。お願い、私をぶってください、って。目を覚まして、私が自分の部屋か大山の懐に抱かれて横になっている現実を見たかった。けれど、誰もがまるで白痴を扱うみたいに私を無視したわ。私は警官にペンと紙をもらって、控え室のなかで手紙を書くぐらいしかなかった。私は確かに気が動転して、自分を見失っていたのかもしれない。

私は手紙をあなたの前で広げてみせた。筆跡が分かる？　濃いのもあれば薄いのもあるけど、一二のペンの握り具合は恐れや緊張や不安といった感情によって変化し、字も実にいびつだよね。彼女は拘置所の控え室で私に宛ててこの手紙を書いた。私には分かる。あんなにも多くの人から気違い扱いされた彼女は、こんなふうに気を晴らすしかなかったのよ。ただ、この手紙はそのあとが途切れているの。たぶんそこで、四パパが面会室に連れてこられたんじゃないかな。

細かいところまで気のつくあなたは、この手紙の封筒に切手が貼られていないことを発見した。そう、一二は自分でこの手紙を持ってきたの。ほかに持ってきたのは身の回りの荷物とあの水芭蕉だけ。携帯電話は警察に提出していた。大山がずっと彼女を探していたことは私も知っていた。大山は何度も私のところへ電話をかけてきて、一二がどこにいるのか知らないかと訊いたけれど、私は何も知らないと答えた。あの日、一二は、私の電話にさえ、出ようとはしなかったんだから。

そんなある日、一二が私の家の玄関のドアを叩いた。ドアを開けてあげると、彼女はつかつかと入ってきて、このソファーに座り、水芭蕉を注意深くティーテーブルの上に置いた。その顔に涙の痕を見つけることはできなかったわ。それどころか、元気いっぱいの表情だった。それから彼女は、トランクのなかから自分の服を取り出し、私のタンスにかけたあと、何も言わずに浴室に入っていった。私は窓際に場所を移し、雨粒の様子を眺めた。そう、あのときもまた雨だった。あなたも知っているように、このあたりは、ほとんど一年中じゃないかと思えるほど、雨が降り続く。

浴室から泣き声が漏れてきて、私も心がとがめた。

私はフォーレのCDを選び、一二は黒の手帳を取り出した。綴じ込みのカレンダーの上を指差しながら、四パパの裁判の判決が出る日だと言って見せてくれた。そこには黒のペンで丸印が付けられていた。私は彼女に言った。大山は何度もあなたの行方を訊いてきたんだよ、早く電話をかけてあげれば？　すると一二は頭を私の胸元に押しつけてきた。私のパジャマが濡れてしまったけれど、シャンプーのいい匂いに私も包まれた。

私がここにいることは誰にも知らせないでね、と一二が言ったとき、とうとうその顔に、水のしずくが伝っているのに気がついた。それが浴室で残された水蒸気だったのか、涙だったのかは分からない。しばらくしてから彼女は立ち上がって水芭蕉を捧げ持つと、ベランダにあまり日の当らない場所はないかな、と訊いてきた。大山から、この花は長時間、日にさらしてはだめだと言われたんだ。

　あなたの髪をなでてあげると、知らないあいだにすっかり乾いていた。外の雨は容赦なく降っていたが、偶然、何かが落ちてくる音がして、物干し竿か何かがぶつかる音もした。あなたはやはり少し心配な様子で、立ち上がると窓の前まで行き、ガラスの強度は大丈夫かと確かめたり、枠とガラスのあいだのパテはいつ換えたの、こんなんで今夜の台風を持ちこたえられるのかな、と訊いてきた。実は私も分からないんだけれど、と答えた。大家さんが、この部屋は耐震のほかに防雷の設備も整っていると、いつか教えてくれたことがあるよ。ただ、台風を防ぎきれるかどうかについては言ってくれなかった。でもその点は、きょう証明されるわけだけれど。

　私は机の上の手紙を改めて郵便番号順に並べ換えてから、ただ一通を残して、そのLサイズのクラフト封筒のなかに入れた。ソファーに戻ると、あなたは私の腰に手を回して抱きしめながら、こう言った。君の話はもうすぐ終わるの？

　そうよ、もうすぐエンディング。

　私が封筒を見せると、あなたは少し首を伸ばすようにして、この封筒にも切手がないね、と言った。

そう、この手紙は一二がくれた最後の一通。

一二はここで半年ほど暮らし、四パパはそのあいだにこの世を去った。重い刑を受けた身だったので、家族は遺体を引き取ることができなかった。もともと私たちが住んでいた古い家に、一二と私があたふたと戻ってきてみると、そこには知らない人たちが住んでいた。三十五日の晩、一二は藁と紙銭を括り、路地の入り口から家の玄関先まで御霊を案内した。昔お隣さんだった家族はまだ住んでいた。私と一二が「衛生に気をつけよう」というスローガンがプリントされた前掛けをかけていた頃から、私たちのことを知っている間柄だ。善意で台所のなかに入れてくれて、静かに話してね、などと条件は出されたものの、私たちを夜までいさせてくれた。でも結局のところ、私たちはもうここの住人じゃない。それに、いまはこうした儀式を嫌う人もいる。

夜の十二時を過ぎると、私たちは暗がりのなか、夕方、隅に隠していた藁と紙銭を探し出し、一二がライターで一つ一つ火を点けた。それは一二が四パパから学んだ招魂の儀式だった。そういえば、十数年前も、彼女は同じように四パパにつき従って、死者の御霊を案内する「指示灯」を点けて回った。四パパは灯を点すと、小さな声で言った。うちに帰っておいで。

あの夜、一二と私と私の両親が四パパのあとを歩いていたら、四パパは、後ろを振り返ってはだめだよ、そんなことをしたらママが驚いて家に帰ってこられなくなるから、と言った。四パパの三十五日の夜、私と一二は台所の小さなテーブル――その後、それは私たちが幼い頃、いつも御飯を食べていたテーブルだということに気づいたけれど、すっかり油と埃にまみれていた――の上に空っぽの骨箱を置き、上蓋の透明なガラスと枠のあいだに、四パパの写真と錫箔《すずはく》を差し込んだ。

私は一二の手を握り、一緒に歩いた。彼女は「指示灯」に火を点けるたびに小さな声で言った。パパ、うちに帰っておいで。

もし本当に魂が存在するなら、四パパはきっとここに帰ってくると、一二は固く信じていた。

なぜかそのときは、道がどこまでも続いてゆくような気がした。いま思い返しても印象は変わらない。私はずっと一二の手を握っていたけれど、思えば私たちは幼い頃から、そんなふうにして一緒に大きくなってきた。私はあたかも十数年前のあの日の夜に、まわりにたくさん人がいたあの夜に、戻ったかのような気がした。けれど、そのときは私と一二しかいなかった。家族はみんないなくなったから。一二の最後の手紙は――ごめんなさい。私はまた先を急いでしまったね、ちょっと待って、もうすぐあなたに手紙を読んであげるから。

私たちは一緒に「指示灯」を点け終わると、台所で、魂が戻ってくるのを静かに待った。招魂の儀式では昔から、「指示灯」を点け終わって半時間後、いちばん親しかった人が錫箔と紙銭を骨箱に触れ、もし手を緩めてもそれが落ちなければ、死者の魂が家族の許に帰ってきたのだと信じられている。

実はありふれた物理現象でしかないことは、私も一二も頭では分かっていた。

しかし、一二は一枚一枚、少しも倦むことなく、錫箔をそっと骨箱に触れさせた。けれど、骨箱にくっつく錫箔は一枚もなかった。簡単に生じるはずの物理現象は、意外にも、この科学的な常識に欠ける女の子をこらしめる効果があったが、もし一二のそのときの表情を見たなら、あなたはきっと、その懲罰が、実は情理から外れていると思うはず。

私はまた、十数年前のあの夜のことを思い出していた。あのとき四パパも台所で、同じような位置取りと順序で儀式を進めていた。ただ、四パパが四度目に錫箔を四ママの骨箱に触れさせたところ、うまい具合にくっついたのだ。すると四パパは泣き出し、骨箱の上にうつ伏せになった。男の人が声を上げて泣くのを、私はそのとき初めて見たのだけれど、それは本当に痛切で、心を引き裂くような泣き声だった。私の両親は、そばで静かに涙を拭いていた。一二は隅でうずくまって、すべてをただぼんやりと見ていた。しかし、私は思いも寄らなかった。私は四パパの泣き声がその夜の印象として記憶に残ったけれど、一二はその夜のすべての過程を仔細に記録していたのだ。

一二は一晩中試みていた。手に汗をかいていたからなのか、それともほかに理由があるのかは分からないけれど、彼女が何度試みても、錫箔がその空の骨箱に吸い寄せられることはなかった。招魂の儀式においては、深夜三時を過ぎると、錫箔は自然とはがれ落ち、死者の魂は黒と白の無常鬼〔死に神〕と一緒に冥土に連れてゆかれ、ふたたび戻ってくることはないとされている。

四ママの三十五日の夜のときは、確かに深夜三時ごろ、錫箔が骨箱からはがれ落ちた。四パパが追いかけていって、表の門の前でひざまずき、思わず声を出して、おいおい泣いた。深夜三時を過ぎて、一二はついに、こらえきれずに号泣した。よく響く泣き声だったので、隣近所の人たちは目が覚めたと思うけれど、私は彼女を止めなかったし、自分を憎んだ。心の底からの憎悪だった。


一二が事実と異なることを言ったために、大山のパパが刑務所に入れられることになったが、その事実を私が知ったのは、ずいぶん後になってからのことだ。

というのも彼女は、あの密告の手紙は大山のパパが書いたと固く信じていたから。

彼女は法廷で、黒のラドーの腕時計を指差しながら裁判長に言った。あれは白おじさんが私の父にくれたものです。白おじさんは、お父さんに便宜を図ってほしいと思っていると、私に言いました。父は、ラドーは私にふさわしいと思い、それで私のものになったのですけれど。

それが大山と顔を合わせた最後というわけではなかった。彼の丸刈り頭は以前と変わらなかったけれど、顎の無精髭が元気のなさを表しているような気がした。一二の証言の前に、大山の調書も法廷で取り上げられたが、ラドーは一二との恋愛の記念品で、双方の父親の仕事とは何の関係もない、とあった。そこで、一二の証言の際、大山の父親の弁護士が彼女にいくつか質問する場面があったけれど、いままでに見たこともないような苦しみの表情を一二が浮かべるのを、私は目の当たりにした。錫箔を骨箱に吸着できなかった夜以上の悲しみが、眉間のあいだに浮かんでいた。そして、彼女の額のくぼみも。

いいえ、私と彼は五月に付き合い始めました。調べてもらってかまいません。時計のレシートの日付は四月十二日になっていますが。

そのとき、傍聴席の大山が大声を上げた。

最終的には、被告の肉親という理由で大山の証言は採用されず、大山のパパも有期刑を言い渡された。

裁判が終わって、うちに帰ってきたとき、このソファーの上で私は一二に訊いたことがある。どうしてあんなふうにはっきりと、密告の手紙を書いたのが大山のパパだと言えたの？すると彼女は黒い手帳を取り出してきて見せてくれた。その手帳の最後のページに、一二のパパはこう書いてあったのだ。白連勝《パイ・リエンション》に言われた。あなたが私のプロジェクトをもはや認可しないというのなら、あなたが暗に賄賂を要求したと告発の手紙を書き、広く世間に知らせますよ、と。

　それは四パパの手帳だったのよ。

　それから一二はベランダに向かい、あの水芭蕉に水をやった。彼女が泣いているのが分かった。

　翌日、一二は花市場に行って、形状がほとんど同じ水芭蕉を買って帰った。

　大山はその後、叔母さんが迎えに来て、結局イギリスに渡った。彼は渡航前にも一二を訪ねてきたけれど、一二は新しく買ってきたその水芭蕉を私を通して大山に渡し、自分はベランダに隠れたまま、けっして出てこようとはしなかった。大山の右頬のほくろのあたりに光るものがあるのを、私は見逃さなかった。しばらくして、彼は仕方なくその水芭蕉を持って、下に駐車していたクラウン３・０に乗り込んだのだった。

「THIS LOVE」がまた流れ出した。これで何度目のリピートだろう。

あなたはウォーター・サーバーの前まで行くと、私のために水を注いでくれた。のど渇いたでしょ？

私はうなずき、冷たい水をすすった。

一二と大山の物語はこれでおしまい、と私は言った。がっかりした？　するとあなたは首を横に振り、いいや、心残りがあるから思いが続くということもあるかもね、と答えた。けれど私は、違うわ、そんなふうに言うべきじゃないわ、と即座に否定した。もしかしたら一二と大山の悲しい結末はまったく避けることができたのかもしれないのに、私はただ見ているだけでどうすることもできなかったのよ、座ってよ、私を抱いて、おでこのくぼみにキスして。そんなに自分を責めないほうがいいよ、君がどうにかできるたぐいの事件じゃなかったんだから。

私はまた水をすすった。この最後の手紙をあなたに読んであげなくては。

あなたの目の前で取り出した封筒には血の痕があった、真っ赤な血痕が。びっくりするなあ、いったい何なの？　とあなたが訊いてきたので、私は微笑み、口許を引いて笑顔を作った。声を上げないの、読んで聞かせてあげるから。

それは実際、一二の遺書で、彼女の話では、まったく心配ないんだけれど。

これがあなたに書く最後の手紙になります。私の記憶に間違いがなければ、前便はあの拘置所の控え室で書いたんだったね。でも、いまはもう私を待ってくれる人はいない。こんなふうに書くと、まだ大山のことを愛してるのねって、あなたは察してくれるかもしれない。そうね、彼は私の男よ（あなたに彼を紹介したときもそう言ったよね）。けれど、私は大山のパパを刑務所に入れてしまった。私も確かに彼のパパを憎んでいたわ。彼が、私の唯一の肉親を奪ったんだから。でも、だとしたら、大山もきっと私を憎んでるだろうな。私の愛する男は二人だけ。一人はもうこの世にいない。もう一人は私のことを憎んでいる。

……私が法廷で、四月十二日は私たちが付き合い始めた記念日ではないと言ったら、大山は大声で叫んだわ。君の名は四一二、両親の結婚記念日が四月十二日だからだ、君が四月十二日に俺と付き合うことを決めたのは、俺と君が君の両親と同じように互いが深く愛せる関係になりたいと思ったからじゃなかったのか、って。結局、私がみずから望んで私たちの関係を壊したのよ。

あなたがこの手紙を読んでいる頃、私はもう、霊安室の冷凍庫のなかで氷のように冷たくなっているはず。先に逝った人はいつだって幸福だよ。だから私のママはいちばん幸福な人。ママが死んだとき、あんなにもたくさんの人がママのために「指示灯」を点けてくれたんだから。でも、苦痛はこの世の、肉親や友達や夫を失った人たちのために残される。私があなたに苦痛を与える人になってしまったことを許してね。貧乏な私は、わずかなお金もあなたのために残せなかった。少しでもあったら、良かったのにね――私がいま唯一愛する友人であるあなた、どうか私を恨まないでください。その代わり、私はあなたにパパの手帳を残すので、どうか私の気持ちを受け取ってください。ね、お願い。罰せられるべき人はすでに報いを受けたのだから、手帳を読み終えたら、パパや私をもう恨まないでね、いい？　あなたに最上の祝福と心からのお詫びを。

P.S. 私の代わりにあの水芭蕉の面倒を見てやってくれる？　大山が、来年の春には花が咲くから、と言ってたの。

一二より

一二は本当にあっさりと、みずからの命を絶った。

私はサンダルを脱いで、あなたの懐に抱かれている。外の風は少し弱まったようで、木の葉がかさかさと音を立てるのがかすかに聞こえてくるぐらいだ。物語はこれでおしまい、と私は言った。

あなたの指に額をなでられながら、私は言った。一二のことを想像できる？　でも残念なことに彼女の写真はないの、と。あなたはうなずいた。なんか、性格的にずいぶんおおらかな人だったんじゃないかなという気がする。その黒の手帳にはいったいどんなことが書かれてあったの？　彼女はなぜあんなふうに思わせぶりなことを言ったんだろう？

私は目を閉じた。少し眠たかった。もう夜も明ける頃だろう。エマーソンの威力も弱まったようだ。あなたの体に湿った煙草のにおいをかぎ取りながら、私は言った。今度また、黒の手帳に書かれてあったことを話してあげる、いい？　一週間後の夕方、きのうと同じぐらいの時間にうちに来てくれる？　でもそれまでは邪魔しないでね。ひとりで七日間過ごさせて。七日経ったら、あなたに話してあげるから。でもいまは、とにかく眠らせて。

一週間後、果たしてあなたはやってきた。

前もって渡しておいた鍵を使ってあなたがドアを開けると、ソファーの前のティーテーブルの上には黒の手帳二冊と手紙一通、そして水芭蕉が置かれていた。あなたは手帳を手に取って、じっくりと読み始めたが、あなたの目は、見る見るうちに暗くなっていった。それはいったいどんな物語だったのか。

四パパは四ママの死後、一二にけっして窮屈な思いをさせないように、絶対金持ちになってみせると誓った。彼は上司に対して平身低頭、へりくだることを厭わなくなったし、人より抜きん出た頭の回転の速さと運もあって、あっという間に局長に昇進した。彼は最も信頼する親友、つまり私の父を秘書に任命し、賄賂を受け取ったり公金を流用したりするたびに、父に受領のサインをさせた。四パパは、いつも埋めたり返したりだ、と言っていた。ところが三年前、局内の監査が突然前倒しで行われ、父は恐怖にかられてガス管をひねった。四パパは最終期限の前日、大山のパパにあのお金を借りたが、私の父はなすすべなく死んでいったのだ。四パパの日記はやましさや、すまないという気持ちに溢れていた。

一二の遺書のなかに何が書かれていたか、もう分かったでしょ。

手帳に書かれたすべてと、エマーソンの夜に私があなたに話したことをきちんとつなげ、縫い合わせる間もなく、あなたは手紙を開けることになったと思います。というのも、あなたは私に会えなかったから。私は、すべての物語を完結させることを約束しておきながら、あなたがここに来たとき、手紙を残してもう跡形もなく消えていた。

あの二冊の手帳のあとに、この手紙を読んでくれたかな？

この一週間、やらなければならないことが多すぎて、あなたと連絡ができませんでした。あなたも私との約束を守って、私の生活の邪魔をしないでいてくれた。実は二年前、一二があの遺書を残してみずから命を絶ったとき、私も逝かなくては、と思った。でも、私はこんな物語があったのだということを誰かに知ってもらいたかった。あなたは唯一、この物語を最後まで聴いてくれた人。それはもう定めと言っていいかもしれないけれど、ふつうはみんな、そそくさと私から離れてゆく。だから私はいままで生き長らえてしまった。やましさのうちに生きる、これはもう罰を受けることに等しいわ。一二が言ったことは正しい——先に逝った人はやはり幸福よ。あなたは想像できるかしら、いまこのとき、私は一二と同じやり方で、みずから命を絶とうとしている。

愛するあなた（こんなふうに呼びかけることを許してほしい）、私の少しばかりの遺産は、すべてあなたに遺します。ただ、一つだけお願いがあるの。この水芭蕉を大山の許に戻してくれないかな。ここに、二年前、彼から教えてもらった叔母さんの住所と電話番号がります。大山に、この鉢こそが一二に贈った水芭蕉だと伝えてほしいの。一二は彼の花嫁になることを夢見たこともあったわ。ただ、水芭蕉を大山に渡してくれなければ、あなたは弁護士から私の贈り物を受け取ることができない。でも、これは取引じゃない。だからあなたは息苦しさを感じる必要はないわ。いい？　私だってあなたのことを愛していると思うの。けれどこれ以上生き長らえることはできない。なぜなら、この物語を最後まで聴いてくれた人が現れたんだから。

私の父の日記も読んで、すべてははっきりとしたはずです。脳裏をよぎった疑問にようやく答えが与えられたと思います。けれど冒頭の、「公平な調査を望む」と父が訴えた文書は、私がすでに削除したわ。このことも大山に伝えてくれる？　私はずっと、彼に告白する勇気がなかった。私は誤って、二人の愛と一二を殺してしまった。だから私の代わりに償ってほしいの。

あなたのことを愛してる。

手を伸ばせば何かに触れることはできる。けれどいま、私の血は、古い家の門のコンクリートを浸している。一二もこんなふうにして家の屋上に上り、ポケットに遺書を忍ばせて飛び降りたのだ。コンクリートの上を静かに流れ、やがて貼りつく血。血は最も優れた染料だ。何年も色褪せない。そしていま、私の血がまた染めようとしている。

私はあなたの涙を見たような気がした。外ではまた小雨が降り出した。天気予報では、近日中に後続の台風が上陸する可能性があると報じていた。あなたは静かに警察からの連絡を待っていればいいの。あなたの大切な人がお亡くなりになりました、彼女のポケットにはあなたの携帯電話の番号のメモがあったものですから、それでご連絡しました。ティーテーブルの上にひっそりと置かれた水芭蕉、それをどうやってイギリスに送るかなんて、あなたに考える余裕はないかもしれません。一二はすでにみずから命を絶ち、私がちょうどその二年後、エマーソンの夜の七日後の早朝、一二と同じように命を絶ったことを大山に伝えるなんて、無理だと言うかもしれません。あなたは私の部屋で途方に暮れているでしょうか。

でも私には分かっています、いずれ、あなたがこの物語を大山に伝えてくれるだろうことを。

それからこの水芭蕉も。

著者

蘇徳（スー・トォ）

1981年、上海生まれ。華東師範大学中国語中国文学部卒業。「80後」（1980年代に生まれた世代）を代表する女性作家。2001年から小説を発表、長編作品『レールの上の愛情』『卒業以後、結婚以前』、中短篇小説集『私の荒涼とした額に沿って』『もしものこともなく』などがある。08年上海市作家協会第一期作家マスタークラスを卒業。09年8月から10月までアイルランドのコーク市にライター・イン・レジデンスとして滞在、コーク大学にて講演「孤独と叛逆—中国青年作家群像—」を行う。

訳者

桑島道夫（くわじま　みちお）

1967年生まれ。広島大学文学部卒業。94〜96年、華東師範大学留学後、東京都立大学大学院博士課程単位取得退学。現在、静岡大学人文学部准教授。専攻、中国近現代文学、日中比較文学文化。訳書に『上海ベイビー』（衛慧）、『雲上的少女』（夏伊、共に文藝春秋）など。06〜07年、清華大学にて在外研修。第一回東アジア文学フォーラムで逐次通訳、作品翻訳を担当。

作品名　エマーソンの夜

著　者　蘇徳 ©

訳　者　桑島道夫 ©

*『イリーナの帽子—中国現代文学選集—』収録作品

『イリーナの帽子—中国現代文学選集—』
2010年11月25日発行
編集：東アジア文学フォーラム日本委員会
発行：株式会社トランスビュー　東京都中央区日本橋浜町 2-10-1
TEL. 03(3664)7334　http://www.transview.co.jp